LA MUSE

SOLENNELLE

DES ÉCOLES ET DES FAMILLES.

LA MUSE

SOLENNELLE

DES ÉCOLES ET DES FAMILLES

Compliments du Jour de l'An et pour les Fêtes de l'année,

Par M. Jules CHALORY,

PROFÉSSEUR DE CHANT ET DE DECLAMATION A PARIS.

L'oisiveté est funeste au cœur et à l'intelligence ;
le travail ennoblit l'un et grandit l'autre. Aimons
donc le travail.　　　　　　J. CHALORY·

Prix : Paris, 50 c.—Province, 75 c.

PARIS

JONDÈ, rue du Vieux-Colombier, 10. | TROTIN. édit., rue Dauphine. 51,
GENTIS. rue Constantinc, 35, La Chap. | .L'AUTEUR. rue

1863

LETTRE DE S. EXÇ. M. LE MINISTRE DE L'INSTRUCTION PUBLIQUE
ET DES CULTES.

Ayant eu l'honneur d'offrir mes ouvrages classiques à
S. Exc. M. le Ministre·de l'Instruction publique et des
Cultes, le 22 février 1861, voici la réponse de Son Excel—
lence :

*Cabinet du Ministre de l'Instruction publique et des
Cultes.*

Paris, 22 février 1861.

Monsieur,

J'ai reçu les deux Ouvrages que vous m'avez adressés ; je
vous remercie d'avoir bien voulu me les offrir.

Recevez, monsieur, l'assurance de ma considération dis-
tinguée,

Le Ministre de l'Instruction publique et des Cultes

Signé : ROULAND.

A M. J. CHALORY.

LA MUSE

SOLENNELLE

DES ÉCOLES ET DES FAMILLES

A mes chers Parents.

J'aime mes chers parents d'un filial amour !
Quand Dieu leur a permis de me donner le jour,
Tous ces soins assidus qui bercent mon jeune âge,
M'assurent un beau sort, couronnent leur ouvrage ;
Aussi, plein de respect, en leur offrant mon cœur,
J'espère les combler de joie et de bonheur.
De mes faibles efforts pour eux seuls les prémisses :
Il faut récompenser leurs nombreux sacrifices.
C'est faire son devoir sans crainte, sans détours,
Quand Dieu, dont la bonté nous rend heureux toujours,
Connaît tous mes désirs, sait combien je les aime,
Et confirme les vœux de mon amour extrême.

Pour un Père, le jour de sa fête.

Cher Père, votre cœur, en de riants chemins,
M'a montré la vertu, ses plus riches destins ;
En elle vos penchants surexcitent l'envie,
Et partout le bonheur couronne votre vie,
Vous ne m'avez point fait connaître le malheur !...
Vous n'auriez point nourri pour lui la tendre fleur-..
Et j'aime les sentiers que vous me faites suivre,
D'y marcher avec vous, ô mon Père ! c'est vivre.
Oui, l'on est bien heureux d'écouter votre voix,
D'avoir le cœur guidé par d'aussi justes lois.
Aussi, pour vous chérir voyez que je m'apprête
A chanter en accord le jour de votre fête.

Pour une Mère, le jour de sa fête.

———

Ma bonne mère, à toi ma pensée et mes vœux !
Le beau jour de ta fête accepte mes aveux.
Quand, dans ton doux regard, brille le bonheur même,
Que, dans le mien, tu lis combien ton enfant t'aime
En voyant à tes pieds, un jour aussi touchant,
Des fleurs pour te fêter aux mains de ton enfant
Les mêmes sentiments, ma mère, nous animent,
Et par des jours heureux nos-cœurs les légitiment.
Aussi je rends hommage, en ce court compliment,
A celle que mon cœur chérit à tout moment.
Pour cette année encor, pardonne-moi, ma mère,
Ce langage bien simple et pourtant bien sincère.

———

Pour une Marraine.

———

Pour vous renouveler, ô ma chère marraine,
Mon respect et mes vœux, la tendre amitié mène,
Comme elle a su porter votre cœur au saint lieu
Pour répondre de moi dans le temple de Dieu.
Sur les fonts baptismaux, vous, ma seconde mère,
Vous m'avez souhaité le sort le plus prospère...
Aussi, vous me voyez bien heureux aujourd'hui
De suivre vos conseils et d'avoir votre appui.
Je crois dans vos vertus et mon cœur se déploie
En se souvenant bien de vos vœux avec joie,
Et l'honneur, la vertu, dirigeant tous mes pas,
Je vous prie. ouvrez-moi votre cœur et vos bras.
Je dois vous imiter : dans votre bon exemple
Puiser l'honnêteté qu'en vous j'aime et contemple,
Et c'est être agréable au puissant Créateur,
Qui saura soutenir vos jours dans le bonheur.

———

Pour un Oncle, le jour de sa fête.

—

Cher oncle, permettez, en ce jour solennel,
Que la douce amitié nous guide à son autel.
Je ne vous cache pas aujourd'hui ma pensée :
Une fête aussi belle est trop vite passée.
Vous, quand ces doux instants vous font un court bonheur,
Moi, pour vous exprimer les élans de mon cœur.
Oh ! je lis dans vos yeux que cet instant vous touche,
Et que nous nous aimons et de cœur et de bouche.
Cher oncle ! pressez-moi sur votre cœur ému
Et veuillez me donner un baiser qui m'est dû.
Que tous les cœurs ingrats, dans leur pénible envie,
Obtiennent comme nous l'harmonie en leur vie,
Dieu viendra les aider à forger de beaux jours,
Et la prospérité leur ouvrira son cours.
Ce sont là mes souhaits le jour de votre fête,
Et de fleurs laissez-moi couronner votre tête.

—

Pour une Tante, le jour de sa fête.

—

Ma tante, le voici ce jour tant désiré...
Oh ! combien après lui mon cœur a soupiré !
Et pour tant de bonheur je n'ai qu'une journée !
Ce n'est qu'un seul instant, dans le cours d'une année,
Pour vous renouveler ma tendresse et mes vœux,
Et de mes doux penchants vous faire les aveux.
Oh ! qu'il me semble beau de louanger soi-même
Et fêter à loisir celle que mon cœur aime !
Un jour aussi touchant permettez ce bonheur
Qui me fait admirer de vos lois la douceur.
Et si vous découvrez en moi que la sagesse
Puisse enfin me valoir de vous quelque caresse,
Vous me verrez bénir un aussi beau destin.
Ma tante, recevez quelques fleurs de ma main,
Ne voyez qu'allégresse au jour de votre fête
Et laissez un enfant couronner votre tête.

La Sainte-Marie.

Permettez, quand le ciel avec mes vœux conspire,
De vous offrir ces fleurs que la vertu respire,
Ces fleurs de l'amitié dont le parfum si doux
Enivre tout mon cœur en montant jusqu'à vous.
O ma chère Marie ! en ces lieux on s'apprête
A chanter dans l'accord le jour de votre fête ;
Tout prend autour de vous un aspect solennel.
Le cœur, en cet instant, touche aux portes du ciel,
Marie !... oh !.. laissez—moi vous couronner moi-même,
Quand on est si joyeux à cette heure suprême !
Et si mes faibles mains tremblent en vous offrant
Une fleur printanière, excusez un enfant
Qui ne veut pas gagner, en vieillissant, le blâme
De ne point imiter un jour votre grande âme.

La Sainte-Catherine.

Le voilà revenu ce jour plein d'allégresse
Qui permet d'exprimer son amour, sa tendresse !
Une année est bien longue à ramener le cours
De ces doux compliments faits sans aucuns détours !
Je viens pour vous fêter, ma chère Catherine,
Et dans cette action l'amitié se devine.
L'amitié connaît peu tous ces accents pompeux,
Et sans fard, près de vous, elle dit de son mieux :
Recevez d'un enfant guidé par l'innocence
Les vœux et les souhaits faits avec conscience ;
Plus tard je dirai mieux si, dans mon avenir,
Dieu, sous son œil divin, me permet de grandir.
Bien des cœurs aujourd'hui sur la terre vous fêtent,
Pour vous couvrir de fleurs toutes les mains s'apprêtent ;
L'étude a suspendu ses travaux sérieux
Et laisse ses enfants proclamer dans leurs jeux
Les sincères élans de leur âme enfantine,
Le bonheur de fêter la sainte Catherine.

COMPLIMENTS

POUR TOUTES LES FÊTES DE SAINTS.

Pour des Bienfaiteurs, Protecteurs, Protectrices, Religieux ou Religieuses

Permettez qu'un enfant soit joyeux en ce jour,
Quand il vient célébrer votre fête à son tour ;
Accueillez ses souhaits, qu'il sait bien mal vous rendre....
Voyez-le devant vous, respectueux et tendre,
Ne venant pas vanter son talent, son esprit,
Exposer un mensonge aussi bien dit qu'écrit,
Mais prouver qu'en son cœur de bien douces pensées
L'ont occupé pour vous dès ses tendres années.
Partout vos protégés, riants et satisfaits,
Répandent à plaisir vos généreux bienfaits.
Le jour de votre fête, en ce moment suprême,
Aimez, cher bienfaiteur (1), un enfant qui vous aime,
Et si quelques regrets lui venaient tour-à-tour,
Ce serait de passer trop vite un si beau jour.

Même Sujet.

Je ne sais m'exprimer en faisant un long thème,
Et de ces mots hardis vanter l'heureux systême
Qui fait à la vertu des éloges pompoux ;
Mais je sais vénérer tous les cœurs vertueux.
Partout, avec respect, votre sollicitude
Décèle à tous les yeux cette mansuétude
Qui me permet chaque an de venir vous louer,

(1) Ma bonne Mère, ma Bienfaitrice, ma bonne Sœur, ô mon bon Père.

D'avoir un si grand cœur qui sait se dévouer.
Il est heureux, grand Dieu ! qu'un si beau jour apprête
De notre protecteur (1) une joyeuse fête;
Aussi, la douce paix est pour nos bienfaiteurs
Comme un baume divin qui calme les douleurs.
Oh ! combien je voudrais mieux m'exprimer et dire
Ce qu'au fond de mon cœur leurs regards peuvent lire...
Mais, de mes sentiments, en exposant les feux,
J'espère pour toujours mériter à leurs yeux,
Et pouvoir leur offrir mes souhaits, mes prières,
Ces fleurs qui sont toujours douces et printanniàres.

SAINT LOUIS.

Compliment pour un Père, un Oncle ou un Cousin.

Que j'aime chaque année un bonheur si touchant,
Et que de cœurs joyeux, du levant au couchant,
Après avoir chanté de saint Louis la gloire,
Exaltent vers le ciel sa vie et sa mémoire !
Mon père (2), quel saint nom ! quel nom plein de splendeur!
Vous a donné du saint l'amour et la grandeur...
Ah ! mon cœur aujourd'hui doit s'exprimer sans crainte,
Dire la vérité sans détours et sans feinte.
Vous êtes la sagesse, et dans votre maison
Vos grandes qualités sur tous sens ont raison.
Oui, on dirait que Dieu règle votre langage,
Et qu'il vous a du saint départi l'héritage,
Que son puissant esprit et sa solide foi
Enchaînent votre vie à sa sublime loi.
Permettez, quand mon cœur vous offre ses prémcies
Un jour si glorieux et rempli de délices,

(1) De notre bonne Sœur, de notre Superieure, de notre Protectrice.
(2) Mon Oncle, mon Cousin.

Que mes timides fleurs, dont l'encens monte aux cieux,
Répandent sur vos jours un parfum précieux,
Et laissez mes deux mains, le jour de votre fête,
Joncher vos pas de fleurs, en orner votre tête.

Pour une Mère.

J'aime à renouveler, ô ma mère chérie,
Le beau jour de ta fête ! et mon âme attendrie
Me comble d'une joie et d'un si grand bonheur,
Qu'avec activité je sens battre mon cœur.
Tu vois combien je t'aime ! et je te sais heureuse
De connaître pour toi mon âme affectueuse.
Oh ! ma vie est la tienne ; elle sera toujours
Le plus bel ornement qui charmera tes jours.
Soudain je vois s'enfuir ce moment de ta fête,
Qui me semble si court pour réorner ta tête
Des fleurs de l'amitié qui font tant de plaisir,
Qui font taire souvent un douloureux soupir.
En ce jour, leurs parfums enivrent tout notre être,
Et pour ma bonne mère on les verra renaître.
Doux moments d'allégresse et remplis de bonheur !
Oh ! tu refleuriras, belle et timide fleur,
Et ton puissant éclat sera toujours le même
Pour dire avec mon cœur à ma mère : Je t'aime !

Pour un Oncle, une Mère ou une Marraine

J'ai grandi, bonne mère (1), en gardant l'habitude
D'offrir tout mon respect, toute ma gratitude,
Mes vœux et mes souhaits à des moments divers,
Et l'amitié du cœur peinte dans tous mes vers)
Vous aimer tendrement et vous chérir de même

(1) Ma Marraine, mon cher Oncle.

C'est un devoir bien doux, c'est un bonheur suprême.
Oh ! que c'est bon d'aimer.,.. d'être respectueux
Envers ses bons parents ! le cœur est bien heureux .
Heureux dans l'amitié, celte grande fortune
Qui, dans tous ses bienfaits, est toujours opportune ;
Heureux qui sait toujours en elle se fier,
Heureux qui sait partout bien s'en glorifier,
Et, partant de ce jour d'allégresse et de fête ,
Je dis : Petits et grands inclinez votre tête
Devant tous les bienfaits de vos hauts protecteurs.
Ne rougissez jamais qu'envers les malfaiteurs.
Ainsi donc, le respect rendra meilleurs les hommes ;
Les sages leur ont dit : « Soyez ce que nous sommes ! »
Embrassez-moi, ma mère (1), et lisez dans mes yeux
De la reconnaissance et l'éclat et les feux,
Et prenez de mes mains, aussi pures que fières,
Ces fleurs pour vous toujours douces et printannières .

Pour un Filleul à sa Marraine.

Un enfant vient de naître, et sa main suppliante
De bonheur fait sourire une mère expirante,
Et soudain, pour un père, un immense trésor
Par la main du bon Dieu verse la joie et l'or.
Tout n'est, dans ce moment, que suave allégresse,
Pas un visage, alors, n'a trace de tristesse.
La maison paternelle, où règne un Dieu d'amour,
Se transforme à l'instant en céleste séjour ;
La famille assemblée accepte dans la joie
Cet enfant nouveau-né dont Dieu trace la voie.
Il lui dit : « Tu suivras tous les préceptes saints
» Pour occuper un rang digne chez les humains;
» Tu viendras pratiquer la vertu dans mon temple !
» Vois, des vertueux saints mon doigt t'offre l'exemple ;
» Tes bons parents, ton Dieu, d'une main bienfaisante,
» Béniront la vertu dans ton âme brillante,
» Brillante de candeur, brillante de beauté,

1)Marraine, mon Oncle.

» Brillante de ton Dieu tout plein de majesté!..
» Et pour prendre ce rang entends ma voix divine.
» Qui te donne le nom de sainte Catherine!...
» Mais qui doit donc enfin me répondre de toi?
» D'un téméraire enfant né sous ma sainte loi?
» Grand Dieu ! » répond l'enfant, « d'une seconde mère,
» Puisque vous le voulez, accueillez la prière !
« Elle donne pour moi son saint nom et son cœur,
» Sur les Fonts baptismaux assurez mon bonheur ! »

———

Pour une Mère, une Tante ou une Cousine.

———

Quel bonheur quand ce jour si longtemps consacré
Paraît si radieux à l'enfant adoré !
Je vous offre mon cœur, je viens vous rendre hommage;
Si ma bouche dit peu, pardonnez mon jeune âge,
Pardonnez à mon cœur aimant et sans détours,
Qui, rempli de bonheur vous admire toujours.
Si des pleurs dans mes yeux frappent votre grande âme,
Ces pleurs, ma chère mère (1), expriment mieux ma flamme,
Vous expriment combien (je le répète encore),
Mon cœur sait rendre hommage aux vertus qu'il adore.
Ici je puis vanter vos actions sublimes,
Et Dieu vient protéger mes accents légitimes.
Laissez-moi bien louer votre généreux cœur,
Quand ce jour, pour le mien, est un jour de bonheur
Qui rend nos amitiés si pures et si grandes,
Et me fait vous offrir mes vœux et mes offrandes.
Puisque vit bien heureux qui sait vous imiter,
C'est un puissant bonheur que je veux imiter.

———

(1) Ma chère tante, ô ma cousine.

SAINTE ANNE.

Pour une Mère, une Marraine, uneTente ou une Cousine.

Sainte et digne patronne ! accueille tes enfants
Qui viennent t'exprimer leur amour tous les ans !
Des fleurs sont dans leurs mains pour couronner ta tête,
Et les doux chants partout vont célébrer ta fête,
Anne, vois un enfant qui t'apporte son cœur,
Il aime à louanger tes jours pleins de splendeur,
Son attendrissement s'inspire en ta sagesse.
Entends-le t'exprimer en tremblant sa tendresse :
« Chère Anne, j'aime à voir un jour si glorieux,
» Un jour où l'allégresse, éblouissant les yeux,
» Me permet, à genoux, de vous offrir sans crainte
» Mon amitié, mes vœux comme à la digne sainte,
» Et me permet aussi de vous offrir mon cœur,
» De louer vos vertus et toute leur candeur.
» Je frémis de respect et je sens mes genoux
» Fléchir quand, sous vos lois, vivre est si bon, si doux...
» Je leur dis : Fléchissez ! l'amitié le commande
» Pour faire saintement mes vœux et mon offrande. »
De couronnes de fleurs je pare vos cheveux,
Bénissez-moi, chère Anne, et mon cœur est heureux.

LA SAINT PIERRE.

Jour de gloire et de fête illuminant la terre !
O saint glorifié ! Dieu chasse le tonnerre,

(1) ma mère, ma tante, cousine.

Et le ciel est serein, tous les cœurs sont heureux.
Tes fils, ô grand saint Pierre, en priant sont joyeux
En louant tes vertus dans ta noble carrière,
Quand tu portas sans crainte aux peuples la lumière !
Ecoute ton enfant qui, du fond de son cœur,
Vient t'adresser ses vœux tout remplis de bonheur.
A genoux, à tes pieds, il chante la sagesse,
Et pour la posséder il travaille sans cesse.
Entends avec ardeur et mes vœux et ma voix,
Mon père ! je t'admire en pratiquant tes lois,
Et quand Dieu nous protège il place sur ta tête
La couronne de gloire au saint jour de ta fête.
Je le prie à genoux qu'il nous fasse exister :
Mon cœur te prouvera qu'il sait bien respecter,
Aimer et vénérer ton honnête carrière
Chaque année, au beau jour, au grand jour de saint Pierre.

Pour une Mère.

Le voilà donc venu ce seul jour où mon cœur
Peut s'ouvrir franchement, sans trouble, sans douleur !
C'est un beau jour de fête où j'exprime à ma mère
Et ma reconnaissance et mon amour sincère.
O douce et bonne mère ! oui, c'est bien par tes soins,
Aux dépens de ton temps et de ta vie au moins,
Que je suis élevée aimante et vertueuse ;
Car loin de tes regards je ne suis point heureuse.
Comment pourrai-je un jour m'acquitter envers toi ?
Il n'est point ici bas ni de prix, ni de loi
Qui puisse s'élever au-dessus de ton âme,
Egaler tes vertus, cette pudique flamme
Qui réchauffe mon cœur, me dicte mon devoir
Et me rend sans remords près de toi chaque soir.
Un prix à tes bienfaits ? C'est ma reconnaissance
Et suivre tes conseils avec obéissance.
Embrasse-moi, ma mère, et reçois en ce jour,
Pour prix de tes bienfaits mon filial amour,
Et laisse mes deux mains entrelacer ta tête
De parfums et de fleurs le beau jour de ta fête.

SAINT FRANÇOIS.

Pour un Père.

Depuis longtemps, mon père, en prévoyant le jour
Qui me fait exprimer, par un heureux retour,
Le respect, l'amitié, cet amour de l'enfance,
Qui donne à l'avenir une belle existence,
Je sens bondir de joie et mon âme et mon cœur,
Et le jour de ta fête achève mon bonheur.
Tu tiens de saint François un nom grand et sublime ;
A ses grandes vertus ton droit est légitime.
Crois-en mon faible esprit, mon père, il est heureux
De vanter de ton cœur les élans généreux.
Dans un trop long discours une amitié touchante
Paraîtrait à mes yeux quelque peu chancelante.
Je finis en chantant les vertus que tu as ;
Mon père, presse-moi tendrement dans tes bras.

COMPLIMENTS

DU JOUR DE L'AN.

——

Tout appartient à Dieu , ce grand maître du monde !
Les hommes si nombreux, si puissants sont à lui;
Cette terre où tout vit, cette mère féconde,
Par ses décret divins va changer aujourd'hui.
Les autans, les frimats règnent sur sa surface,
Mondes, d'un nouvel an sentez le précurseur....
Tout va régénérer l'an prochain sur sa face.
Quand vous aimez la vie, aimez te créateur,

> C'est Dieu qui créa tout le monde ,
> Les feux du soleil si puissants,
> Avec eux la terre féconde
> Fait vivre ses nombreux enfants.
> Terre féconde,
> Pour tout le mond,
> Tu donnes tes dons bienfaisants;
> Tu nourris tes nombreux enfants.

D'un nouvél an mon cœur savoure les prémices,
Dès l'aurore mes yeux embrassent l'horizon ;
La nature à la vie apporte ses délices
Pour aimer, je le sens, de Dieu tout prend le nom.
J'aime amis et parents, tout le monde m'enchante ;
Je dois ce bonheur pur aux auteurs de mes jours ;
Aussi, soir et matin, moi, leur enfant, je chante
Dans mes souhaits heureux de leur vie un long cours.

Sur terre chacun a son pouvoir éphémère ;
Notre âme dans les cieux a l'immortalité ;
Aussi, pour vivre heureux sur ce grand hémisphère,
Aimons-nous, c'est de Dieu la loi de vérité.
Les jours passent, les ans, et bientôt la vieillesse
S'approche, avec le temps, du toit patriarchal...
Alors, sainte amitié ! portes-y la jeunesse ;
A la grande famille un bonheur général.

Même sujet.

———

Qu'en ce beau jour, enfants et père et mère,
Soient tous unis par un même désir,
Pour célébrer en chœur l'anniversaire
Du nouvel an tout brillant d'avenir.

A vous, mes chers parents, mon amour, ma tendresse,
Dans les vœux de chacun mon cœur est de moitié,
A moi vos doux baisers, votre douce carresse,
Vos avis paternels, votre bonne amitié.
Votre enfant bien-aimé n'entend pas le partage
D'un trésor précieux qui s'accroît tous les jours ;
Ce trésor, chers parents, dont il sait faire usage,
C'est votre amour si pur : garde--le lui toujours.

———

Même sujet.

———

Embrassons-nous, ouvrons vers l'espérance
Nos bras amis et nos cœurs tout joyeux ;
Chantons en chœur ce grand jour qui commence...
Chers parents, pour vous qu'il soit heureux !

Mon cœur, en ce beau jour, vient vous offrir un gage ,
Un gage, chers parents, qui dure autant que moi :
Mon amour filial, le seul bien de mon âge,
Et mon désir constant de suivre votre loi.
Vos exemples surtout ont élevé mon âme,
Votre sollicitude est gravée en mon cœur ;
Aussi le jour de l'an, près de Dieu je réclame
Pour vous des jours heureux, puis au ciel le bonheur.

———

Même sujet.

———

Depuis bien des cents ans. selon l'antique usage,
On voit former des vœux par les jeunes enfants,
Pour donner la santé, la vigueur au vieil âge
Et l'espoir si flatteur qui charme ses instants.
Tous les cœurs sont ouverts, amis et père et mère
Sont comblés de souhaits en ce jour solennel :
Il porte l'espérance au sein de la chaumière,
Et le grand jour de l'an est béni par le ciel.

Enfants de Dieu ! célébrez ses louanges,
Exhalez-les jusqu'aux voûtes des cieux !
Mêlez vos chants aux trompettes des anges,
Au monde entier qu'ils soient harmonieux,
Pour ce grand maître
Qui nous fit naître
Qu'ils soient toujours un présent radieux.

Mon cœur plein d'amitié porte dans ma famille
A tous mes bienfaiteurs mes plus sincères vœux;
Pour eux je fais parler ma lyre juvénille,
Ses accords en ce jour font de sensibles vœux.
A votre jeune enfant accordez, bonne mère,
Avec joie un baiser, votre amour : tout son bien ;
Nous ferons tous les deux les délices d'un père,
Puisque de la famille un père est le soutien.

De parfums et d'encens. en présents tout le monde
Se charge les deux mains pour se concilier ;
L'or et les diamants de la mine féconde
Ruissellent aux palais en ce jour familier;
Mais heureux et content le pauvre a sa richesse.
Et, sous son humble toit il forme avec bonheur
Des souhaits et des vœux tout remplis d'allégresse,
Il offre tout son bien : une fleur et son cœur.

———

Même sujet.

———

Quand le froid nous annonce une nuit ténébreuse,
Et que les feux du jour ont quitté l'horizon,
Souhaitons qu'à minuit naisse une année heureuse ;
De celle qui n'est plus respectons le renom,
Car avec Dieu les cœurs se vouent à la clémence,
Par l'amour du prochain réchauffent les frimats,
Et ses enfants, unis en sa sainte présence,
Portent fiers leur flambeau de climats en climats.

> Le créateur, dans sa tendresse,
> Voudrait tous les cœurs dans sa main ;
> Enfants de Dieu ! chantez sans cesse
> Les doux accords du genre humain.

J'admire, faible enfant, tout ce sublime ouvrage,
Ce ciel et cette terre où j'ai reçu le jour,
Et je viens tous les ans, selon l'antique usage,
Au divin créateur révéler mon amour.
Qu'avec sécurité partout le bonheur brille,
Près de mes bons parents j'en goûte la douceur,
Je voudrais en ce jour voir dans chaque famille
Chasser les désaccords par les souhaits du cœur.

Aimons-nous ici-bas, cette idée attrayante
Assure à nos vieux jours paix et prospérité ;
Du prochain soutenons la marche chancelante,
C'est du Christ professer l'ardente charité.
Tout en chantant en chœur les préceptes du sage,
Plaignons les envieux, prions pour les méchants ;
Puis attendons en paix tous les tributs de l'âge ,
Et nous serons de Dieu les plus heureux enfants.

———

Même sujet.

Aujourd'hui, chers parents, il faut être bien sage,
Le premier jour de l'an est aimé du jeune âge :
Accueillez tous les vœux que mon cœur a formés,
Que Dieu seul a connus et si mal exprimés.
Longtemps un pareil jour, au sein de l'allégresse,
Sans cesse a témoigné la commune tendresse,
Et pour nous, sur ce vœu le ciel si bienfaisant
Comblera mes souhaits : Embrassez votre enfant.

Même sujet.

POUR UN ONCLE ET POUR UNE TANTE.

Cher oncle et chère tante, en ce jour solennel
Que la douce amitié nous guide à son autel.
Voici le jour de l'an, je vous dois ma pensée :
Cette journée, hélas ! sera trop tôt passée.
Comment vous exprimer les élans de mon cœur,
Et vous remercier de vouloir mon bonheur
Je reçois vos bienfaits, tant d'abandon me touche.
Et les larmes de joie en humectent ma bouche,
Chers parents, pressez-moi sur votre cœur ému,
Donnez-moi ce baiser que je crois qui m'est dû :
Que tous les cœurs ingrats, dans leur pénible vie,
Obtiennent comme nous d'harmoniser leur vie,
Dieu viendra les aider à forger de beaux jours,
Et la prospérité leur ouvrira son cours.
Le jour de l'an, pour nous, devient un jour de fête,
Et de fleurs je voudrais couronner votre tête·
Pour vous récompenser, je vous fais mes aveux.
Ma tante, vous m'aimez ! oh ! j'en suis bien heureux !
Et quand vous devenez ma bonne et tendre mère,
Mon cher oncle, avec vous, me tient lieu d'un bon père ;
Et, si Dieu le permet, je souhaite qu'un jour
Je puisse vous combler de bienfaits à mon tour.

Même sujet.

Enfants que Dieu mit sur la tere
Adorez votre créateur !
Chantez la paix, fuyez la guerre,
Il vous donnera le bonheur.

Le ciel est nébuleux, et les fils de la France
Chantent d'un nouvel an les prémices heureux,
Ils mettent dans la paix leur plus chère espérance ,
Dieu seul peut l'accorder à leurs sincères vœux.
C'est lui, dont le pouvoir féconde la nature,
Couvre le lys des champs d'un manteau virginal ;
Chaque année à la terre il donne sa parure
Et fait tout abonder sur le sol végétal.

Je viens en ce grand jour, avec reconnaissance,
Vous offrir de mon cœur les élans généreux !
Chers parents, n'est-ce pas charmer votre existence ?
Vous aimer n'est-ce pas vous rendre bien heureux?
Que des plus belles fleurs la divine ambroisie
Impreigne de parfums notre âme et notre esprit :
Au sein de l'amitié passons gaîment la vie ;
Pour garant de mes vœux gardez mon manuscrit.

Dieu nous fit bien heureux sur cette terre immense
Où nous devons goûter tous ses divins bienfaits ;
Son soleil, en tous lieux, féconde la semence,
Donne aux fruits la couleur et leurs brillants attraits ;
L'abondance est partout sous sa main généreuse,
Les feux de son amour éclairent ses enfants.
Aussi, dans ce beau jour notre âme est bien heureuse
D'exalter sa puissance en ces joyeux instants.

FABLE.

LE TABLEAU NOIR ET LE BLANC.

Ah ! quel triste destin, toujours à la muraille
Tout noir, pendu, cloué, tout prêt au premier sot
    Traçant un chiffre, une bataille,
    Des lettres pour former un mot.
» — Attends, bâton de blanc, noir esclave sur terre,
« Moi ! te souffrir encore ! je te déclare guerre ! »
    Dans la froideur resta le blanc,
    De face s'assit sur un banc
    Et tint ce discours remarquable :
    « — Sais-tu que ton obscurité,
» Qui produit l'ignorance est de droit attaquable
    » Par ceux qui veulent la clarté?
» Tu restes mon esclave ! allons, obéissance !
    » Enfants ! mon rayon lumineux
    » A votre esprit donne espérance.
» Du tableau noir voyez cet aspect ténébreux
» Qui, sans moi, vous conduit aux mains de l'ignorance !
    » J'en appelle à vos jeunes cœurs,
    » Fau-il éteindre la lumière?
» Broyez-moi, sous vos pieds vous verrez mes splendeurs
» S'étendre et, malgré vous, servir votre carriére.
    — » Bâton de blanc, honneur à toi !
    » Tu rappelles notre mémoire,
    » Tu peux vivre comme un grand roi,
    » Trôner au temple de mémoire, »
Crièrent ces jolis enfants. Les parents crièrent aussi,
    L'un disant que, dans sa boutique,
    Pour écrire cela, ceci,
    Qu'emporte à crédit la pratique.
J'étais un véritable phare utile à tous moments.
— « Juge, fier tableau noir, tes sots emportements ! »

MORALE.

Enfants , l'obscurité mène à la servitude ;
La mémoire du cœur, comme celle des yeux,
S'acqniert en travaillant avec fruit à l'étude :
La vie a toujours soif d'un rayon lumineux.

OUVRAGES DU MÊME AUTEUR

EN VENTE

A la librairie J. DELALAIN

76, rue des Ecoles. vis-à-vis de la Sorbonne.

Nouveau Répertoire dramatique des Ecoles et des Pensions, composé de Comédies-Vaudevilles appropriées à des eunes garçons et à de jeunes filles, avec la Musique notée et chiffrée, grand in-18.

La Meunière du Moulin vert, comédie-vaudeville en un acte, avec musique notée et chiffrée, à l'usage des filles, in-18, br.　　　　　　　　　1 fr. 25

La petite Protégée, comédie-vaudeville en deux actes, avec musique notée et chiffrée, à l'usage des filles, broché.　　　　　　　　　1 fr. 25

Le Château de Bersol, comédie-vaudeville en deux actes, avec musique notée et chiffrée, à l'usage des jeunes filles, in-18, br.　　　　　　　　　1 fr. 25

Le Mont Cerigny, comédie-vaudeville en deux actes, avec musique notée et chiffrée. à l'usage des garçons, in-18. br.　　　　　　　　　1 fr. 25

Le Val de Clénor, comédie-vaudeville en deux actes, avec musique notée et chiffrée, à l'usage des garçons, in-18, br.　　　　　　　　　1 fr. 25

Simon ou la Distribution des prix, comédie-vaudeville en un acte. avec musique notée et chiffrée, à l'usage des garçons, in-18, br.　　　　　　　　　1 fr. 25

Paris. Typ. Moquet, rue des Fossés-St-Jacques, 11.

9 782329 159461